तुम और तुम्हारे
पर बोझ बने
समय हो गया है
विदा चाहता हूँ।
अधूरे काम भी
हैं।

काबला आरंभ किया जाये !
जो आज्ञा महाबली!

बनने योग्य!
ा... ई... ई...
तीसरे ने भी जल्दी हार क
हार कबूल कर लो, वरना गर्दन टूट जाएगी।
ने जीत गया –

अच्छा मित्र, फिर मिलेंगे।
मैं तुम्हें भूलूंगा

फिर महाबली शेरा

बहुत से
मारे गये
महाबली।
शैतान राजकुमारी
लिये जा रहे हैं।

मैंने तुम्हें छोड़ दिया, लेकि
ध्यान रहे, अब कभी तुम
मेरे दोस्त कबीलों पर
आक्रमरा करने की कोशि
नहीं करोगे।
ठीक है, जाओ।

पीछा करते हुए
जा पहुंचे।
तभी एक भयानक विस्फो
ओह! लगता है विमान गिर कर नष्ट हो गया।

ओह! शायद उस व्यक्ति में अभी प्राण शेष हों। चिम्पी उसी की ओर इशारा कर रहा है।
एप बन्दर चिम्पी के इशा
करने पर शेरा उस निश्च
व्यक्ति के पास पहुंचा।
उस घाय

अफसोस, उनमें से कोई जीवित नहीं बचा।
कंगालू देवता, आप, मैं कुछ समझा नहीं अजनबी, आखिर तुम कहना क्या चाहते हो ?

ओह! इन्होंने तो हमें घेर लिया, इनसे मुकाबला भी नहीं किया जा सकता।
को वे अपनी राजकुमारी के पास ले गये।
हमारा भय
जरूर थे,

लोगों में उत्सुकता जागी।
सोचना क्या, हमें
इसके दर्शन
आश्चर्यजनक

बाला गहरी नींद सोया
चुपचाप मंदिर के भीतर
नहीं,
लेना,

साफ देख
ठहरो

किल दोस्त
कहानी
री का श्राप
ह हार
ाया।
किसी प्रकार मैं वापस घर
घर में कदम रखते ही बुर
मेरे सबसे छोटे लड़के
ने दम तोड़ दिया।
ओ-माई गॉड!

में मैं पूरी तरह से
चौपट हो गया।
समझकर इसे
टारटोला कबीले
तो मेरे साथ यह
गयी।

लेकिन उनकी अं
इच्छा के मुताबिक
देवता के इस हार
जल्द से जल्द कहें
पहुंचाना है।

सावधान रहकर देखना पड़ेगा। उठाये बिना कोई चारा नहीं।
यस बॉस! मुझे तो इस अब ऊब सी होने जाने कब पहुंचेंगे कबीले में।

प्रकट हुआ।
हमें
चायेगा
विचित्र पोशाक पहने
लिये एक व्यक्ति को
चौंककर उठ खड़े हुए।
कौन हो तुम?
यही
मैं

मैं ही काला प्रेत हूँ और यह गुफा मेरा निवास स्थान है। और इस जंगल का चप्पा-चप्पा मेरा जाना-पहचाना है।
मारे गए।
हे भगवान! अब तू ही बचा इस मुसीबत से।

प्रेत
दोस्तों का दोस्त जिन्दाबाद!
अगले दिन भोर होते ही
साथ टारटोला कबीले
चलो मेरे
पीछे

जो आज्ञा!

!
हे भगवान, हमें किसी तरह मुक्ति दिला दो।
कितना बहादुर है।
चिम्पी इन कैदियों को आजाद कराओ जल्दी।
आ...ई...ई....

अब भून डालो इन गन्दे नरभक्षियों को।
और हथिया

वीरान
मैं मुसीबत के मारों का दोस्त शेरा और तुम?
मेरा नाम दारा है। मैं और मेरे साथी हाथी दांत के व्यापारी हैं। हम भटक कर इन नरभक्षियों के जाल में फंस गए।
मेरे विचार से अब हमें यहां से निकल चलना चाहिए, किसी सुरक्षित स्थान पर बातें होंगी।

और काला प्रेत ने शेर को खत्म कर दिया।
यह आदमी

का हार निकाला।
अनमोल।
बेमिसाल

चलो चिम्पी।
हा! यदि हार
हाथ लग
के सपने
लिए हम
में डाले न
योजना
कुछ समझे
हीं बॉस।
तुम

76. जंगल का बेटा (कोनार्क)

* 9 7 8 9 3 9 1 4 6 0 2 5 9 *
FCW - #0293 - 061026 - C32 - 246/170/2 - PB - 9789391460259 - Gloss Lamination